곽필종 시집

오늘이 그날이다

도서출판 지식나무

백형 곽원종 님께
이 책을 바칩니다

목차

겨울

별이 빛나는 발

모조리
신들이
나를 떠나고

외로이
맨발로
산길을 간다

걸음걸음
내
발소리
울려 퍼진다

따끔따끔
내
발밑에서
별이 빛난다

솔개의 꿈

구름은 침대가 아니고 바람도
비단 이불이 될 수 없지만

한사코
하늘의 일만이 궁금하여서

신천지를 찾아서 구 항구를
떠나가는 탐험가처럼

부르르
부르르

어제도 기어올랐다
오늘도 기어오른다

우리들의 양식

유리창에
송알송알
빗방울이 맺혀있다

오로지
맑은 바람을 기다리며

터질 듯이
아침 햇살을 품고 있는데

털어도
털어도
먼지도 안 나지만

생명의 파도

갈가리 찢어지더라도 단호히
떨치고 일어서야 한다

산산이 부서지더라도 힘차게
달려가 부딪쳐야 한다

바람이 바람답게 불어오면
파도는 파도답게 춤을 춰야 한다

종이 한 장 두께의 아픔 때문에
움직이지 않는다면 파도가 아니다

앞니 빠진 다람쥐

앞니 두 개 빠진 다음 원수의
눈초리로 나 자신을 감찰한다

빈자리가 있더라도 선뜻
높은 자리엔 앉지 않고

할 말이 많더라도 시원하게
쏟아놓지 않는다

닫힌 문이 활짝 열리니 제대로
이 세상이 보인다

앞니 빠진 다람쥐는 마침내
산신령으로 변신 중이다

의치

끼면 진실에서 멀어지고
빼면 얼굴이 어긋난다

그러나
익숙해져야 한다

안경으로 의복으로 신발로
자동차로 아파트 면적으로

가리고 감추고 체하며
나도 남들처럼

나쁜 생각

모든 말은 거짓말이다

꽃보다 아름다운 당신
이 생명 다 바쳐서 사랑합니다

솔직하게 내 마음을 털어놓아도
그것이 내 마음 자체는 아니며

산은 산이 아니고
물은 물이 아니다

그럴싸한 거짓말로
나를 속이려는 이 세상은

나의 적이다

좋은 생각

나를 살리기 위하여 이 순간에
그 누군가 씨를 뿌린다
더러는 물레를 돌리고 그물을 던지며
도끼를 휘두른다

나를 살리기 위하여 이 순간에
그 누군가 커피를 볶는다
어떤 이는 그림을 그리고 건반을 두드리며
이마를 싸매고 이야기를 엮고 있다

내 영혼을 위한 기도보다는 내 육신을 위한 밑반찬이
시급하더니 인심 좋은 시골 친척이 틈틈이
보내주시는 반찬 꾸러미가 어제 저녁 도착하였다

이 순간에 내 머리 위에는 이 세상의
모든 음악이 춤추고 있다
일찍 일어난 방송국 사람들이 풀어놓았다

내가 모르는 사람들이 나를 위하여
내가 미워하는 사람들도 나를 위하여
허리띠를 졸라매는 이 세상은 여부없이

나의 벗이다

몸짓 언어

이것은 눈부심이다
대규모 폭발이며
파편이다

이것은 구름과 구름
바람과 바람
물결과 물결

풀잎과 풀잎, 꽃송이와
나비들이 주고받는 언어이지만
인간들 사이에서도 가끔씩 통용된다

빤히 내 눈을 쳐다보면서 촉촉이
침에 젖은 빼빼로 반쪽을
외손녀가 내게 내미는 이런 경우에

낙인처럼
금석문처럼
내 마음의 깊은 자리에
바야흐로 새겨진다

모닥불

황야의 굶주린 이리 떼처럼
별이 되고 싶은 사람들은 언제나
어디서나 만날 수 있지만
사실 별빛은 차갑고 별은 멀리에 있다

오아시스 샘물처럼 밤바다의 등댓불처럼
모닥불이 되고 싶은 사람은 희귀하지만
정녕 모닥불은 따뜻하고 여부없이
우리들의 시린 몸 가까이에서 타오른다

이름도 없이
자취도 없이
모닥불이 지상에서 사라질 때에
아무도 애도하지 않는다

그러나 최후의 한 마디까지 오로지
우리들의 행복을 위하여 모닥불은
아낌없이 열과 빛을 내뿜는다
지체 높은 별이 박수갈채를 기다리는 동안

모닥불을 부르는 날

고요히 눈 내리는 날이면
갈 곳 없어도
나는 대궐 문을 나선다

황제의 신분에서 저잣거리의
한갓 이름 없는 남정네로 돌아가서
그 누구의 어진 낭군이 되고 싶다

얼굴 가득 웃음을 올리고
가슴 넘치게 사랑을 담고

사분사분 눈 내리는 날이면
아무에게나 다가가서
힘 좋은 모닥불이 되고 싶다

황금술통선인장 1

말벌은 호신 무기가 하나지만
너는 수백 개

그래서
늘 외톨이이다

꺼지지 않는 증오의 불길로 그
잘난 무기만을 갈고 닦는 너를

이제 아무리 찬란하여도
아무도 안아 줄 수 없다

황금술통선인장 2

나비는 막을 수 있었어도
햇빛은 막지 못했다

인간은 물리칠 수 있었으나
비바람에겐 그예
뚫리고 말았구나

그러나
곰곰이 생각해보라

그것들과도 접촉하지 못했다면
너는 더 행복했을까

황금술통선인장 3

꿈도 꾸지 말라
완벽한 방어
영원한 생명

죽지 않는 생명이란
신들의 생명과
암세포의 생명뿐이다

그러나 네 몸이 불어난다고
너를 따라 너의 세상이
불어나지는 않을 것이니

종내에는 너의 자손들과
불을 뿜으며
피를 튀기며
끝도 없이 투쟁해야 하리라

잡초의 부활

거참 이상한 일이다
잡초를 짓밟던 사람들이
먼저 세상을 떠난다

멸시와 억압은 잡초의 약이 되는 것을
독이 되는 걸로 착각한 그들이
제풀에 자기 무덤 속으로 굴러 떨어진다

자비로운 햇빛과
비바람의 은혜로

뿌리를 더 깊이 내리고 줄기를 더
곧게 세운 잡초들이 뽀스락뽀스락
고개를 쳐드는 오늘날
짓밟던 사람들은 지상에 없다

실연의 꽃봉오리

슈베르트의 연가곡
아름다운 물방앗간의 아가씨를 듣고 있다
실연의 아픔이다

그런데
사랑의 기쁨보다 훨씬 감미롭다

헤어짐과 아쉬움의 노래가 넘치는 이 세상에
왜 만남과 만개의 노래는 찾기 힘들까

곁에 있는 사람은 기다리지 않고
손에 넣은 사람은 찾을 필요가 없는 법

해후가 꽃송이라면
실연은 꽃봉오리일까

새 위의 새

음산한 겨울 연못가에서
검은 연기처럼 소용돌이치는
몇 층의 새 떼를 지켜본다

하늘 1층쯤 높이에서 수면 위만 바라보는 새떼 위에는
하늘 10층쯤 높이에서 산등성 위를 바라보는 새떼가 있고
하늘 100층쯤 높이에서 벌판까지 바라보는 새떼도 있다

작은 날개의 새들은 낮은 하늘을
큰 날개의 새들은 높은 하늘을 선회하면서
거대한 시루떡 형상의 장관을 연출한다

날개 키우기에 게으른 새는
하늘 높이 오르지 못하고
우리들의 세상을
많이 알 수도 없다

기러기

언 땅이라도 얼음덩이라도
마다않는 기러기는
언제나 어디서나 배가 부르다

먹어라
지구가 끝없이 회전하듯이
끝없이 먹어라

지옥을 천국으로 바꾸기 위하여
오로지 한 마디
이 계율만을 따른다

작은 부처들

산의 돌은 세모꼴
들의 돌은 네모꼴
강의 돌은 동그라미

번뇌의 비바람으로 매끈하게
모서리를 녹이고 있는
강의 돌은 작은 부처다

봄

하늘 신호등

저 새는 바야흐로
정지신호에 걸렸나 보다

못 박힌 것처럼 허공의 한 지점에서
마냥 퍼덕이고 있는 새를 본다

새들의 길은 고속도로가 아니다
인생의 길도 고속도로는 아니다

일몰 앞에서

저것은
피 흘리는
얼굴

하늘 주인의
피맺힌
절규

이렇게

세상은 깊고도 넓다
인생도 깊고도 넓다

잡초의 거리에서

비탈길은
피난길

비탈땅은
안식처

고개 세우기
다리 뻗기는 다소 불편하여도

뒤집힐까 뭉개질까
염려하지 않는다

좁은 길을 외면하면 넓은 길이 기다린다
작은 땅을 포기하면 온 누리를 얻게 된다

착한 비

멀리
멀리
떠나라

꿈을
따라
나서라

아슴아슴
겨울잠에 취해있는

메마른 풀씨에게
봄비가 속삭인다

얼기설기 엮여있는
얼음 오랏줄
낱낱이 녹여주며

달콤한 환상의 세계로
지그시
등을 떠민다

첫 나비

나비다
나비다

화창한 봄날 오후
뜻밖의 조우에

두 손을 추켜들고
쫓아가며 부르짖는다

첫 나비는
보이는 봄

무지갯빛
봄의 눈망울이다

봄이 오면

깊은 산골짜기는 한 권의 시집으로
다시 태어난다
잎사귀마다 빛나는 시구
나무마다 한 편의 시가 되어서

꼼꼼히 이 시편들을 읽어보려고
노래하며 산새들이 다가오고
춤을 추며 나비 떼가 몰려드는데

먼 하늘 향하여 눈을 감고
꿈 날개를 하느작하느작
내 마음은 여기를 떠난다
영원한 봄을 찾아 먼 길을 나선다

네잎클로버

멀리
멀리
집을 떠나와

4월의 강물 가까이
조각처럼 앉아있다

강바람이 몸 안으로
깊숙이 파고 들어와

나른하게 팔다리가 풀어지고
촉촉하게 살가죽이 젖어온다

마침내 풀잎 같은
두 팔
두 다리

이 순간엔
그 누구의
행운의 부적이다

사월의 고독

텅 비어 있는 자리는
꽉 채워진 자리보다
더 무거운 자리
무서운 자리

떠난 사람은
곁에 있는 사람보다
더 가까운 사람
뜨거운 사람

필요 없다 필요 없어
아무에게도
의지하지 않겠다
굳게굳게 다짐하면서도

꽃이 피는 날이면
더 자주
눈이 가고 손이 가는
나의 옆 자리

오월의 결의

오월에는 불어난다
산이 불어나고
강이 불어나고
맑은 햇살이 불어난다

오월에는 풋풋하다
수풀이 풋풋하고
강물이 풋풋하고
산들바람이 풋풋하다

핏속으로 꽃향기가 녹아 흐르고
살 속에선 불쑥불쑥
불덩어리 솟구치는 이 계절에는
나의 화산을 억누르지 말자

부질없는 일이었다
저축되지 않는 목숨을
저축하려고
그 얼마나 몸부림쳤던가

이 세상의 중심점

나를 찾아서
달빛이
강변에 가득하다

나를 뒤쫓아
강바람이
줄줄이 달려오고

나를 만지려고
물결이 안타깝게
손을 내민다

싱그러운 신록의 밤
강변을 걸어가면

저 멀리 도심에서
끊이지 않고
창백한 빛줄기가 날아온다

강 건너 갈대

물결보다 더 부드럽고 눈부신
오월 갈대의
허리통

강
건너편에서
오라고 손짓하지만

갈대와 나 사이를
강물이
막고 있다

웃으며
꼬리치며
강바람은 건너가지만

날개를
얻지 못해
나는 못 간다

임시 가족

하늘 위에는 흰 구름 둥둥
하늘 밑에도 흰 구름 둥둥

부르릉
부르릉
새끼를 외쳐 부르는
트랙터 암탉의 꽁무니로

까르르
까르르
다투어 몰려드는
왜가리 새끼들

해마다 이 들판에
써레질 굉음이 울려 퍼지면
급조 가족들이
오락가락 분주하다

새얼 백일장

인천의 빗속에서
문우와 함께
씨를 뿌린다

신장은 그 반대지만
문우는 큰 나무
나는 새싹

권력자가 되려는 중학생들이 시냇물처럼
흘러들다가 천둥번개와 함께
해일처럼 밀려드는데

백일장 참가가 무엇을 의미하는지
그들은 모른다
지금 이 순간까지 나도 그랬다

봄 햇살처럼 해맑은 얼굴들에게
겹겹이 둘러싸여
나도 한 번 해처럼 빛나본다

삽목

어떤 목숨은 팔다리를 모두 잃고
몸통도 없이
입만으로 살아간다

입이 있으면 전부가 있는 것이고
입이 성하면 전부가 성한 것이다

마음 설거지

마음의 주방에도 빈 그릇은 쌓인다
큰 잔치 뒤에는 더 많이 쌓이고
큰 착각 때문에 평생 동안 어지럽다

해외 관광지의 호화 침실이나
경삿날의 새벽 꿈속에 나타나
나를 경악시켰던 그 사람

다시는 안 보인다
드디어
발길 끊었다

환상의 해가 기울어서
오지 않은 봄날은 가고
피지 않은 꽃들도 지고

이제 더 이상
내 인생에
깜짝 쇼는 없다

행복의 얼굴

손바닥이
행복의 얼굴이다

불끈

움켜쥔 주먹 안에서
행복은 질식한다

산 나비는 알고 있다

산길 따라 서행하다
멈춰서

들어와
들어와

화들짝
자동차문을 열고

목청껏 불러보아도
꼼짝하지 않는다

먼발치로
먼저

산 나비는 알고 있다
꿀이 없는 꽃송이를

보름달

결승점까지 꿋꿋이
잘 참고
견디었다고

거르지 않고 다달이
나에게 건네주시는
하늘의 꽃다발

여름
가을

우리들도 줄기차게

42 ...오늘이 그날이다

부러워 말라
다시 피는 봄꽃을
금년 꽃은 작년 꽃이 아니다

세대마다 다른 얼굴로
우리들도 줄기차게
다시 피어나느니

잎과 줄기는 마르더라도
우리의 뿌리는 영원하고
가족은 영생한다

밤비

최후의 한 방울까지
마지막 한 점까지

아낌없이 내어주리라
남김없이 보내주리라

나의 모든 피와 살을 밤이 새도록
네 몸 깊숙이 심어주리라

그것이 네가 크게 빛나고
네 몸 안에서
나도 다시 빛나는 길임을 알기에

가는 길이 어둡지만
나의 노래는 기쁜 노래다

하늘 나비

44 ...오늘이 그날이다

딸과 나의 손을 붙잡고
마냥 깔깔거리며
외손녀가 팔 그네를 타고 있다

아내는 저 하늘에서
새가 되었을까
별이 되었을까

그네의 주인공은
바뀌었지만
그날처럼 찬란하게
그날처럼 신나게
하늘 높이 솟아오른다

새벽 종소리

너희들 웃음소리는
반짝이는 물결

너희들 웃는 얼굴은
이슬 젖은 풀잎

내 가슴 속으로
떠밀고
들어올 때

내 마음은 햇빛 쏟아지는
젊은 바다처럼

크고
찬란하다

장밋빛 흙탕물

차양 모자는 킥보드에 걸어둔 채 까맣게
생수병은 잊어버리고 헐레벌떡
집 안으로 뛰어드는 큰 손녀딸

시작 종소리에 깜짝 놀라 책 보따리를
운동장에 놔둔 채 헐레벌떡 이부 수업
교실로 들어갔던 오래전의 나를 닮았다

어찌할까
어찌할까
불같은 저 성정

그러나
내가 아닌데
나와 같진 않으리라

비와 시

으르렁으르렁
와
장
창

사나운 소낙비에 순식간에
앞뒤 방충망이
매미 날개로 변했다

뒷산도
앞들도
매미 날개처럼 희뿌옇다

펄펄 끓는 찻물보다
더 시끄럽게
달아오른 쇳덩이보다
더 뜨겁게

몸통은 노래해야 하리라

우리 몸은 물이지
빛이 아니다

빛이 아니다

잠자리

칠월의
첫째 날

바르르
바르르
기쁨으로 온몸을 떨면서 내게로
새까맣게 몰려드는 잠자리 떼

해마다
장맛비 그치고 하늘이 새로 열리면
웅장하게 피어나는 뭉게구름 속에서
잠자리 떼가 쏟아진다

부스스
내 몸 안의 잠자리들도
잠깨어 일어나서
아침 이슬처럼 반짝이는데

한여름이 시작되면 어김없이
나를 찾아오는
이 잠자리들이 있어서
아직 살기 좋은 세상이다

나팔꽃 여름 1
- 영원한 권력 의지

산처럼 솟아나고 싶다
새처럼 날아가고 싶다

아침 일찍 일어나서
파도의 끝자락처럼 드높이
치솟아 오른
나팔꽃의 손바닥을 바라본다

나팔꽃과
나

어젯밤에
같은 꿈을 꾸었다

나팔꽃 여름 2

- 내 탓이오

안으면 안아진다
묶으면 묶어진다

네가 부드럽든지 딱딱하든지
길든지 짧든지
굵든지 가늘든지

좀 더 크게 가슴을 열고
좀 더 길게 허리를 늘려

전적으로 너의 몸을 기준으로
나의 몸을 조절한다면

나는 너의 꽃송이로
너는 나의 꽃봉오리로 거듭날 수 있다

나팔꽃 여름 3

- 나팔꽃의 성적표

빨래 건조대 앵커를 꼭짓점으로
점점 크게

벌써
다섯 번째의 동그라미

막히면
돌아가고

돌아가고 또
돌아가면
마침내 열린다고

세상은 높기만 한 것이 아니라
한없이
넓기도 하다고

나팔꽃 여름 4

- 뭉쳐야 날 수 있다

나팔꽃이 나팔꽃을
부둥켜 앉고
스스로 다리가 되어
공허를 딛고 일어선다

혼자 튀어나왔을 땐 하릴없이
허우적거리며 가라앉더니

나팔꽃이 나팔꽃과
손을 맞잡고
크나큰 새가 되어
공허를 헤치고 비상한다

빈손 부자

내 오르는 모든 산이 내 산이고
내 건너는 모든 강이 내 강이다

산새와 물새들이 나를 반기고
바람결과 물결들이 나를 섬기니

나는 빈손 부자
나라 없는 왕이다

솟아라, 외치면 해가 솟아오르고
빛나라, 명하면 다투어 별이 빛난다

슬픔은 강물처럼

새벽 일찍
잠을 깨면

아스라이 솟아오른
추억의 설산에서

졸
졸
졸

얼음물이 흘러나와서

저
멀
리

들안개 속으로
하염없이 흘러간다

문틈에서 문틈으로 이어지는

겨울 연못이 대문을 닫았다
그러나 문틈은 열려있다
소리치며 발버둥이치며
청둥오리 몇 마리가 사수하였다

떠밀려 들어선 낯선 거리마다
절벽처럼 무겁게
모든 대문은 닫혀있었지만

문틈에서 문틈으로 이어지는
가느다란 길을 따라서
이제는 국토의 최북단이다
그러나 얼지도 떨지도 않는다

뿌리 깊은 의자

이
의자는
안전하다

그 어떤 날벼락에도
끔쩍하지 않을 것 같은
천혜의 요새에서

더 이상
나는 떨지 않는다

능선 송신탑처럼
드높이
솟아오르진 못했으나

사는 동안 줄기차게
땅속 깊이
뿌리 내렸다

쌍무지개 뜨는 언덕에서

내가 만든 방패 두 개
하늘 높이 솟아올라

무지개처럼 찬란하고
철벽만큼 단단해졌다

안 보일 때도 저기 있으며
멀리 있어도 함께 있어서

햇빛을 전해주고
비와 바람 보내준다

내가 만든 방패 두 개
저 하늘의 곡간이다

오늘이 그날이다 1

내 고희연의 마스코트
황금빛 막대풍선
70

아침에 눈을 뜨면
맨 먼저 마주치고
그 외침 소리 들린다

오늘이 그날이다 기다리던 날이다
꽃들이 나비에게 몰려드는 날
강물이 고기에게 밀려드는 날이다

어젯밤 도착한
딸이 보낸 택배 복숭아
아침에 먹어보니 꿀처럼 달다

그렇다
노인은 최후 승리자
노년은 천국이다

오늘이 그날이다 2

천국을 방문하는 심정으로 찾아오는
법원 비학산의 어머니샘 약수터
독차지하고 생수를 받고 있다

투명한 유리병에 맑은 물이 차오르고
새소리 꽃향기도 녹아들고
뭉게구름처럼 내 마음도 부푼다

날개를 폈다 접었다 반복하며
낮은 곳에서는 나비 떼가
높은 곳에서는 산새들이 먹이를 찾고 있다

나는 잠자코 만수를 기다린다
수풀을 뒤지지 않아도 배부르고
이기지 않아도 기뻐하는 오늘날의 나는

강변 감사제

칡꽃 향기 파묻힌 아득한 강둑길
출렁이는 상념에
몸을 맡기고
춤추듯이 걸어간다

오늘같이 좋은 날
죽어도 좋아
죽어도 좋아

하늘을 향하여
땅을 향하여
길가의 강아지풀이 쉬지 않고
머리를 조아리고

저 멀리
강물 위에는
하얀 차선 물보라
청둥오리 정찰대가 착륙 중이다

나팔꽃은 큰 나팔
유홍초는 작은 나팔

초대형
잡초 연합 합창단의
감사 찬송이
하늘 멀리 울려퍼진다

정반합

이 세상에 대하여
정 아내가
반 나를 품어서
합 아들딸이 성립되었다

정은 무너지고
반은 흔들리는 이 시간
천년사찰 석탑처럼
합은 든든하다

강변
놀자

RIVER SOUND COFFEE

들개를 닮아서 나는 황야를 좋아한다
물새를 친구 삼아 강변을 배회하며
흰 구름을 사모하여 높은 산에 오른다

장남교를 올라타고 임진강을 건너가면
깎아지른 백 척 암벽 위의
RIVER SOUND COFFEE

여름에는 백로 떼
겨울에는 독수리 떼들이
만나 뵈어 반갑다고
호탕하게 반겨주는 곳

한 잔의 쾌락이 아쉬운 날이면
먼 길을 마다않고 달려간다
청정 시냇물을 찾아서
산골짜기 내리닫는 꽃사슴처럼

꽃뱀을 기다리며

저기 저 아래는 뱀 밭이어요
마치 제집마냥
벤치 위에 앉아있다니까요

사모님이 등 뒤에서 소리쳤지만
움켜쥔 몽둥이를 믿고서 부득부득
절벽 중턱 파라솔까지 내려왔다

이왕이면
클레오파트라 급
슈퍼 꽃뱀이면 좋겠다

돌의 달

절벽 카페 아래에는 임진강이 흐르고
색색의 돌덩이가 물줄기를 호위한다

오늘은 나 홀로 현무암 소파 깊숙이
들어앉아 백여 잔의 강바람을 마신다

언제든지 놀러오세요, 언제든지 열려있어요

극구 찻값을 사양하는 물새 아가씨와 작별하고
박제된 칠흑 하늘의
붉은 달

으라차차, 받들어 모시니
개선장군처럼 우쭐해진다

강변의 소녀

지상으로 내려온
호기심 많은
하늘 소녀

모래밭에 머리 박고
무얼 찾고 있을까

가냘픈 등의 곡선만을
올 때마다 보게 되는데

끝까지 내 말은 들어주지만
끝끝내 말은 하지 않으니

영원히
영원히
사랑할 수 있겠다

조약돌 자화상

걷다가 후벼 파다가
들어 올렸다가 내려놨다가
들고 다니다가 내버리면서

드넓은 자갈 강변에서
내 눈망울을 찾고 있다
조약돌 자화상을 완성하려고

조생 귤 크기의 둥글납작한 흰 돌 두 알
발굴 작업이 그리 쉽지 않은데
타고난 내 시야가 너무 좁은 탓이다

코앞만 잘 보는 현미경 렌즈를
성좌를 관찰하는 망원경 렌즈로
우선 바꾸어야 한다

어느 물고기의 운명

텀벙!

느닷없이
바로 내 옆의 강물로
물고기가 떨어졌다

저 물고기가 땅바닥에 떨어졌다면
어찌할 뻔 했는가

먹이를 놓친 백로는 풀이 죽어서
너울너울 산등성이를 넘어가고

사지를 탈출한 물고기는 수면 가까이
빙글빙글 맴돌다가 물속으로 사라진다

내 마음 좀 덜어주소

강 건너 갈대밭 앞에서 뜨겁게 뜨겁게
쫓고 쫓기는 두 마리의 백로를 지켜본다

수풀 쪽으로 총총 걸어가면 수풀 쪽으로
강물 쪽으로 발발 기어가면 강물 쪽으로

마침내 하늘 위로 떠오르니 뒤따라 떠오르면서

내 말 좀 들어 보소, 내 말 좀 들어 보소
너무 너무 무거운
내 마음 좀 덜어주소

고층 빌딩 즐비한 대도시의 뒷골목에서 나팔바지
남학생이 댕기 머리 여학생을 끈덕지게 따라붙듯이

강물 위의 호랑이

목숨이 아깝거든
길을 비켜라

귀 떨어진 스티로폼박스 뚜껑 안의 잡초들이
앞길을 가로막는 갈대 잎에게 우렁차게 호령한다

야생마처럼 길길이 강 물결은 날뛰고
수박씨 두께의 거름흙이 양식의 전부인데

기고만장
기고만장

모르면 용감하다더니
얼토당토않게 사기 드높다

천국의 퍼즐

74 ...오늘이 그날이다

작은 별이 눈을 뜨는
한여름의
초저녁

한 조각씩의
노을을
백로들이 물고 온다

산에서
물에서
내 마음속에서

부쩍부쩍
불어나는
천국의 고요

반달 여름밤

달빛이 달콤한 여름밤에는
은밀하고 또
은근하게
서로가 서로를 끌어당긴다

광야의 야생마처럼
고원의 독수리처럼
굴레를 벗어난 마음들이 하늘과
땅 사이를 무한 질주할 때에

몸 안 깊숙이
황금달빛은 파고 들어와
뭉게뭉게
흰 구름처럼 피어난다

꽃향기 끈끈한 여름밤에는
가물가물
아련한
옛 노래들이 되살아나고

죽은 듯이 잠잠했던
젊은 날의 가슴앓이가
부스럭부스럭
고갤 내민다

행복의 시작

호피 무늬 암반 위로 꼬리 물고
여울물이 미끄러지고
두껍게 나무 그늘 드리워진
한여름의 산골짜기라도
한정 없이 머무르진 못한다

어디론가 이동해야 한다
그렇지 않으면 고통이 밀려오니까
흐름이 멈춘 곳에선 행복도 멈추고
다음 움직임과 함께 행복은 시작된다

가을 나뭇잎

빨강이는 빨강이로
노랑이는 노랑이로

깜둥이는 깜둥이로
흰둥이는 흰둥이로
문둥이는 문둥이로

가을날에는
민낯을 드러낸다

시간이 너무 바빠서
미처 가면을 못 챙기고

가을날의 커피

가을날의 커피는 여름날의 커피보다
깊고
무겁다

가을날의 커피는 철갑 착각을
산산이 깨부수는
오늘날의 선악과

꿈속에서 사는 것보다 수고로운
삶을 선택하시는
그대는

아주 한적한 자리를 찾아가
혼자서 오래 오래
뜨거운 커피를 마셔라

너만의 비밀을 찾게 되리라
슬그머니 떠오르는
너의 꼼수와 더불어

겨울 플라타너스

다 비우고 난 뒤에야
더 좋은 것으로
채울 수 있다

겨울 플라타너스는 한 송이의
눈부신 흰 구름으로
빈자리를 채웠다

기러기와 두루미

살 욕심이 너무 많은 기러기는 살이 무거워
언제나 그 누구에게 쫓겨다닌다
엄마, 엄마, 몸이 무거워

날개 키우기에 골몰하는 두루미는
날마다 흰 구름 사이에서
하느작하느작 춤을 추는데

그렇더라도 기러기는 기러기대로
두루미는 두루미대로
나는 나대로 생긴 대로 살아간다

징검돌

크고
단단한 징검돌

세월의 급류를 견딜 수 있는
영웅의 발자취 같은 징검돌

옮길 때에는 힘이 들어도
그만큼 견고한 다리를 만든다

돌 많은 이 세상에서 얼마든지
찾으면 찾을 수도 있었건만

물 장미 꽃밭

비 내리는 긴 강물이
억만 송이의
장미꽃 꽃밭이다

그러나 비 그친
그 강물에
꽃잎 한 장 안 남았다

영겁의 강물 위에선
너도 저렇게
나도 저렇게

단 한 톨의
꽃가루도
못 남긴다

고통과 성숙의 풍경,
그리고 삶의 찬가, 유머

필자의 글 속에서는 삶의 **고통과 성숙**, 그리고 **존재의 의미**에 대해 깊이 있는 성찰 속에서도 톡톡 튀는 듯한 유머를 놓지 않고 있음을 읽는 내내 유쾌하게 서술하고 있습니다.

각기 다른 소재와 주제를 다루고 있지만, 시인만의 독특한 시선으로 일상의 사물과 풍경을 통해 삶의 보편적인 진리를 소근대듯 속삭이고 있습니다.

'별이 빛나는 발'에서 시인은 신들이 떠난 외로운 길을 걸으며 고통스러운 맨발의 걸음이지만, 그 발밑에서 **따끔거리는 별빛**을 발견하며 이 별빛은 단순한 고통이 아니라, 고독 속에서 스스로 빛을 내는 존재의 아름다움을 상징해 보이고 있습니다. .

'솔개의 꿈'과 '생명의 파도'는 이러한 고통을 기꺼이 감내하고 앞으로 나아가는 의지를 노래합니다. 현실은 비단 이불처럼 편안하지 않지만, 구름과

바람을 넘어 하늘의 일만을 궁금해하는 솔개처럼, 찢어지고 부서지더라도 단호하게 부딪히는 파도처럼, 삶의 역경을 두려워하지 않는 역동적인 태도를 보여줍니다.

한편, '앞니 빠진 다람쥐'는 **상실을 통한 성숙**을 이야기합니다. 앞니를 잃은 다람쥐는 욕심과 할 말(허세)을 내려놓고, 세상의 본질을 제대로 보게 됩니다. 빈자리를 채우려 애쓰지 않고, 오히려 그 빈자리로 인해 산신령으로 변신하는 모습은 결핍이 곧 온전함으로 나아가는 길임을 암시합니다.

'의치'에서는 **진실과 허상 사이의 딜레마**를 다룹니다. 의치는 진실을 가리지만 동시에 현실을 살아가는 데 필요한 가면이기도 합니다. 익숙해져야 하는 것은 단순히 의치가 아니라, 세상과의 관계 속에서 끊임없이 쓰고 벗어야 하는 우리의 '자아'일지도 모릅니다.

'나쁜 생각'과 '좋은 생각'은 상반된 제목 아래 **세상에 대한 두 가지 시선**을 보여줍니다. '나쁜 생각'은 세상의 모든 아름다운 말들을 거짓으로 보고, 속이려는 세상으로부터 자신을 지키려 합니다.
반면, '좋은 생각'은 보이지 않는 누군가의 노고와 배려를 깨닫고, 세상이 나를 위한 '벗'이라는 결론에 이릅니다. 이 두 시는 결국 삶을 어떤 시선으로 바라보느냐에 따라 세상이 적으로도, 벗으로도 변

할 수 있다는 것을 말해줍니다.

'모닥불'은 **'별'과 대조**하며 진정한 존재의 가치를 역설합니다. 멀리서 차갑게 빛나는 별과 달리, 모닥불은 따뜻하고 우리 곁에서 타오릅니다. 이름 없이 사라져도 기꺼이 자신의 열과 빛을 내어주는 모닥불은 '모닥불을 부르는 날'에서 황제의 자리를 버리고 평범한 사람들에게 다가가고 싶어하는 화자의 소망으로 이어집니다. 이는 높은 곳의 명예보다 낮은 곳의 따뜻함이 더 소중하다는 깨달음의 표현으로 보입니다.

'황금술통선인장' 연작은 **고독과 소통**에 대한 성찰을 담고 있습니다. 완벽한 방어를 위해 날카로운 가시를 가진 선인장은 결국 혼자가 되고, 완벽한 방어와 영원한 생명이라는 욕망은 투쟁과 파멸로 귀결될 뿐임을 제시해 줍니다. 이 시들은 타인과의 접촉을 피하고 스스로를 방어하는 현대인의 고립된 자아를 은유적으로 보여줬다고 할 수 있겠습니다. 반면, '잡초의 부활'은 짓밟히는 고통을 통해 오히려 뿌리를 깊이 내리고 줄기를 세우는 잡초의 생명력을 예찬하며, '실연의 꽃봉오리'에서는 실연의 아픔을 꽃봉오리에 비유하며 만남의 기쁨보다 헤어짐의 감미로움으로 승화하여 보여줍니다. 이는 고통과 결핍 속에서 더욱 깊어지고 단단해지는 삶의 역설을 주장합니다.

마지막으로 '새 위의 새'와 '기러기', '작은 부처들'은 자연물을 통해 **성장의 방향성**을 적시하며. 작은 날개로는 낮은 하늘만 알 수 있고, 큰 날개를 키워야 더 높은 세상에 오를 수 있다는 '새 위의 새'의 메시지는 자기 계발의 중요성을 강조하고 있습니다. '기러기'는 지옥을 천국으로 바꾸기 위한 유일한 계율로 "먹어라"를 제시하는데, 이는 고통을 긍정하고 삶의 양식을 적극적으로 섭취함으로써 존재의 근원적 힘을 유지하라는 깨달음처럼 비칩니다. '작은 부처들'에서는 번뇌의 비바람을 견디며 모서리를 깎아내는 돌을 '작은 부처'에 비유하며, 고통스러운 시간이 결국 우리를 성숙하게 만드는 과정임을 아름답게 그려냈습니다.

이 시들은 고통을 회피하지 않고, 오히려 그 속에서 삶의 의미를 찾으려는 시인의 진솔한 태도를 보여주며, 결핍과 상실을 통해 더 단단해지고, 고독 속에서 스스로 빛을 발하는 존재의 아름다움을 발견하는 여정이 깊은 울림을 줍니다. 고통과 성숙, 고독과 연대, 그리고 존재의 의미에 대한 사유가 응축된 시편들은 우리 삶의 여러 단면들을 돌아보게 하는 소중한 시간이었습니다.

멈춤과 깨달음의 순간들

앞선 시들이 고통과 성숙을 노래했다면, 이번 시들은 **멈춤의 미학**과 **계절의 변화** 속에서 발견하는 삶의 깨달음을 담고 있습니다. '하늘 신호등'에서 새는 허공에 멈춰 서 있고, 시인은 새의 멈춤을 '정지

신호'에 비유하며 인생 역시 고속도로가 아님을 말합니다. 바쁘게 달려가기만 하는 삶에 대한 경고이자, 잠시 멈춰 서서 주변을 돌아볼 것을 권유하는 시인의 메시지입니다.

'일몰 앞에서'는 붉게 물든 하늘을 보며 **고통과 절규의 심연**을 느낍니다. 하지만 동시에 "세상은 깊고도 넓다"는 깨달음을 이야기를 덧칠하기도 하지요. 이는 단순한 아름다움을 넘어, 삶의 심연과 존재의 의미를 발견하는 순간을 포착한 것입니다. '잡초의 거리에서'는 편안하고 넓은 길 대신, 불편하고 비탈진 곳에 삶의 **진정한 안식처**가 있음을 역설합니다. 뒤집히고 뭉개질까 염려하지 않는 잡초의 굳건함은, 작은 것을 포기할 때 더 큰 것을 얻는다는 역설적인 진리를 보여줍니다.

봄을 노래하는 시들은 **재생과 희망**의 메시지를 전합니다. '착한 비'는 메마른 풀씨에게 다가가 겨울잠의 속박을 녹여내고 꿈을 향해 나아가도록 등을 떠밉니다. '첫 나비'는 '보이는 봄'이자 '무지갯빛 봄의 눈망울'로 표현되며, 생명력 가득한 계절의 시작을 알리는 반가운 존재입니다. '봄이 오면'은 깊은 산골짜기가 시집이 되고, 잎사귀와 나무마다 시구가 되는 풍요로운 상상력을 펼칩니다. 이 모든 자연의 아름다움 속에서 시인의 마음은 '영원한 봄'을 찾아 먼 길을 떠납니다. 이는 현실의 한계를 넘어 이상을 향해 나아가려는 예술가의 영혼을 보여줍니다.

'네잎클로버'와 '사월의 고독'은 **외로움과 연대**, 4월의 강물 곁에 앉아 클로버처럼 나른하게 몸이 풀리는 순간, 시인은 자신이 '행운의 부적'이 되는 존재론적 깨달음을 얻습니다. 반면 '사월의 고독'은 텅 빈 자리가 주는 무거움을 절감하며, 떠난 사람에 대한 그리움을 토로합니다. 홀로 서겠다고 다짐하면서도, 꽃이 피는 봄날에는 누군가의 부재를 더욱 절실히 느끼는 인간의 나약함과 그리움을 솔직하게 드러냅니다.

'오월의 결의'와 '이 세상의 중심점'은 **삶의 의지**를 다잡는 순간입니다. 5월의 충만한 생명력 앞에서 시인은 억눌렀던 자신의 화산을 폭발시키기로 결심합니다. "저축되지 않는 목숨을 저축하려고" 했던 지난날의 부질없는 몸부림을 깨닫고, 찰나의 순간을 온전히 살아내겠다는 강렬한 의지를 보여줍니다. '이 세상의 중심점'에서는 밤의 강변을 걸으며 달빛, 강바람, 물결, 도시의 불빛이 모두 자신을 향해 다가오는 것을 느낍니다. 존재의 고독 속에서 자신이 바로 **세상의 중심**이라는 깨달음은 숭고하고 깊은 감동을 줍니다.

'강 건너 갈대'는 **닿을 수 없는 그리움**을 그립니다. 부드럽고 눈부신 갈대가 손짓하지만, 강물이 가로막고 있어 날개 없는 시인은 건너갈 수 없습니다. 이는 그리워하는 대상과의 물리적, 정신적 거리를

은유적으로 표현한 것입니다. '임시 가족'은 모성
애가 넘치는 트랙터와 왜가리 새끼들의 기묘한 조
합을 통해 **유대와 공동체의 형성**을 보여줍니다. 혈
연을 넘어 필요에 의해 결성된 '급조 가족'은 현대
사회의 다양한 형태의 관계를 떠올리게 합니다.

'새얼 백일장'과 '삽목'은 **창작과 생명력**에 대한 깊
은 사유를 담습니다. 빗속에서 '씨를 뿌리는' 행위는
창작의 고통과 기쁨을 의미합니다. 백일장에 모인 학
생들을 보며 '나도 한 번 해처럼 빛나본다'는 깨달
음은 창작을 통해 자신을 발견하는 순간을 포착한
것입니다. '삽목'은 몸통과 팔다리를 잃었지만 '입'
만으로 살아가는 생명력을 통해, 본질적인 것이 살아
있으면 모든 것이 살아있다는 메시지를 던집니다.

마지막으로 '마음 설거지'는 **환상과 현실**을 구분하
고 삶을 정돈하는 과정을 덤덤히 서술합니다. 더 이
상 "깜짝 쇼"는 없다며, 오지 않은 봄날과 피지 않
은 꽃을 내려놓는 모습은 미련을 버리고 현실을 받
아들이는 성숙한 마음을 보여줍니다.

'행복의 얼굴'은 움켜쥔 주먹 안에서 행복이 질식
한다는 짧지만 강력한 경고를 통해, **행복은 소유가
아니라 놓아주는 것**임을 말합니다. '산 나비는 알고
있다'에서는 꿀이 없는 꽃송이를 알아보는 산 나비
의 지혜를 통해, 삶의 본질을 꿰뚫어 보는 통찰력이
중요함을 이야기합니다. 그리고 '보름달'은 결승점

까지 잘 참고 견뎌낸 자신에게 하늘이 주는 '꽃다발'로 표현되며, 고난을 이겨낸 삶의 보상이 얼마나 아름다운지를 보여주며 모든 시들을 긍정적으로 마무리합니다.

이 시들은 멈춰 서는 용기, 상실 속에서 발견하는 깨달음, 그리고 모든 고통을 포용하는 지혜를 통해 삶의 희망을 노래하고 있습니다. 일상 속에서 마주하는 작은 순간들로부터 삶의 보편적 진리를 끌어내는 시인의 섬세한 시선이 매우 인상적입니다.

이 시들은 **삶의 순환과 가족의 의미, 그리고 나이듦의 지혜**를 노래하며 앞선 시들의 주제를 더욱 확장하고 있습니다. '우리들도 줄기차게'는 봄꽃의 순환을 통해 세대와 삶의 연속성을 이야기하며. 봄꽃은 매년 다시 피지만 작년의 꽃이 아니듯, 우리도 세대마다 다른 모습으로 다시 피어난다는 메시지는 삶의 유한성 속에서 **뿌리의 영원성**과 **가족의 영생**을 강조합니다. 이는 개인의 존재가 소멸하더라도 그로부터 파생된 새로운 존재들이 삶을 이어간다는 굳건한 믿음으로 보여집니다.

'밤비'는 **희생과 나눔의 미학**을 담고 있습니다. 마지막 한 방울까지 남김없이 주겠다는 밤비의 의지는, 자신을 내어줌으로써 상대방을 빛나게 하고 그 빛 속에서 자신 또한 다시 빛날 수 있다는 헌신적인 사랑이며, 이는 '나팔꽃 여름 2'의 "내 탓이오"와 연결됩니다. 나팔꽃이 상대방의 몸에 맞춰 자신의 몸을 조절하는 것처럼, 관계 속에서 자아를 조절하고 희생할 때 비로소 서로가 거듭날 수 있다는 깨달음을 얻게 됩니다.

‘하늘 나비’와 ‘새벽 종소리’, ‘장밋빛 흙탕물’은 **가족과 삶의 기쁨**을 다루고 있습니다. 아내를 잃은 슬픔 속에서도 손녀딸의 천진난만한 웃음소리를 보며 삶의 찬란함을 다시 느낍니다. ‘하늘 나비’에서 그네를 타는 외손녀의 모습은 과거 아내와 함께했던 추억을 소환하면서도, 상실을 딛고 다시 피어나는 현재의 기쁨을 보여줍니다. ‘새벽 종소리’는 아이들의 웃음소리가 가져오는 활력과 행복을, ‘장밋빛 흙탕물’은 손녀딸의 성정을 보며 오랜 시절 자신의 모습을 떠올리는 화자의 모습을 통해 세대를 잇는 따뜻한 시선을 보여줍니다.

나팔꽃 연작은 **삶의 자세와 연대**에 대한 중요한 메시지를 전합니다. ‘나팔꽃 여름 1’은 나팔꽃처럼 높이 솟아오르고 싶은 인간의 ‘영원한 권력 의지’를 드러내고, ‘나팔꽃 여름 2’는 앞서 언급했듯이 희생과 조화를 통해 관계가 완성됨을 말합니다. ‘나팔꽃 여름 3’은 막히면 돌아가고 또 돌아가는 나팔꽃의 덩굴을 통해, 길이 막히면 좌절하는 것이 아니라 돌아가면 결국 새로운 길이 열린다는 **삶의 지혜**를 노래합니다. ‘나팔꽃 여름 4’는 혼자서는 허우적거리지만 서로 손을 맞잡고 ‘크나큰 새’가 되어 비상하는 나팔꽃을 통해, **개인의 힘보다 공동체의 연대**가 더 중요하다는 사실을 역설적으로 노래합니다.

‘빈손 부자’는 **소유에 대한 새로운 관점**을 제시합
니다. 모든 산과 강이 자신의 것이라 외치고, 해와
별을 명하는 화자는 물질적인 소유 없이도 세상의
모든 것을 누리는 ‘빈손 부자’이자 ‘나라 없는 왕’
입니다. 이는 탐욕을 버리고 세상과 조화롭게 살아
갈 때 비로소 진정한 풍요를 누릴 수 있다는 메시지
입니다. ‘슬픔은 강물처럼’은 슬픔이 ‘추억의 설
산’에서 흘러나오는 '얼음물'과 같다고 표현하며,
슬픔을 거부하지 않고 순리대로 흘려보내는 **감정의
정화 과정**을 아름답게 그립니다.

‘문틈에서 문틈으로 이어지는’과 ‘뿌리 깊은 의
자’, ‘쌍무지개 뜨는 언덕에서’는 **삶의 고난 속에서
얻는 굳건함**을 노래합니다. 겨울 연못처럼 모든 대
문이 닫힌 절망적인 상황 속에서도 ‘문틈’을 통해
길을 찾아 국토의 최북단까지 나아가는 여정은, 어
떤 시련 속에서도 포기하지 않는 굳센 의지를 보여
줍니다. ‘뿌리 깊은 의자’는 높이 솟아오르지 못했
더라도 땅속 깊이 뿌리 내린 삶의 굳건함을 통해 **안
전과 평온**을 찾습니다. ‘쌍무지개 뜨는 언덕에서’
는 자신이 만든 ‘방패’가 무지개처럼 아름답고 단
단해져 비와 바람을 보내주는 ‘하늘의 곡간’이 되
었다고 표현하며, 고난을 이겨낸 자의 삶이 얼마나
풍요롭고 빛나는지 보여줍니다.

마지막으로 ‘오늘이 그날이다’ 연작과 ‘강변 감사
제’, ‘정반합’은 **노년의 깨달음과 삶에 대한 찬양**과.

70세의 고희연을 '노년은 천국'이라 선언하는 '오늘이 그날이다 1'은 삶의 마지막 단계를 긍정하고 찬양하는 시인의 태도를 극명하게 보여줍니다. '오늘이 그날이다 2'는 낮은 곳에서 만족을 찾고, 욕심 없이도 배부르며, 이기지 않아도 기뻐하는 노년의 지혜를 그려내며, '강변 감사제'는 잡초들의 찬송을 들으며 '죽어도 좋아'라 외치는 삶에 대한 깊은 감사와 황홀경을 담고 있습니다.

'정반합'은 삶의 근간인 가족을 '정반합'의 논리로 설명하며, 모든 것이 흔들리는 시간 속에서도 굳건히 서 있는 가족의 가치를 다시 한번 강조하며 시집 전체를 아우르는 **통합과 조화**의 메시지를 완성합니다. 이 시들은 삶의 순환과 고통, 그리고 그 속에서 피어나는 사랑과 깨달음을 깊이 있게 탐색하며 독자에게 따뜻한 위로와 긍정적인 삶의 태도를 전해줍니다.

전반적으로 시인의 시선에서 삶의 관조가 뚜렷하게 보이며 통찰과 그 안에서도 유머를 끝내 놓치 않는 여유로움이 전반적인 시에서 드러나 보입니다.

시인 **김복환**

오늘이 그날이다

초판 발행 2025년 10월 15일
지은이 곽필종
펴낸이 김복환
펴낸곳 도서출판 지식나무
등록번호 제301-2014-078호
주소 서울시 중구 수표로12길 24
전화 02-2264-2305(010-6732-6006)
팩스 02-2267-2833
이메일 booksesang@hanmail.net

ISBN 979-11-993878-6-7
값 12,000원